Idee, Design & Layout: P i T

Alle Stories sind frei erfunden

Impressum

Herstellung und Verlag:
BoD - Books on Demand, Norderstedt
ISBN 978-3-7528-5949-2

Kürzlich habe ich ein Interview mit einem alten Mann geführt. Ich stellte ihm ganz allgemeine Fragen. Hier seine Antworten.

Name: Müller, Paul-Erich, 79 Jahre, verheiratet, 2 Kinder, 5 Enkel

Ort: Irgendwo in Deutschland

1. **Frage:**
   Guten Tag, Herr Müller. Schön, dass Sie sich die Zeit genommen haben. Dann fangen wir einfach mal an. Was fühlen Sie sich heute?

   Antwort:
   Eigentlich ganz gut, wenn man das in diesem Alter noch sagen kann. Die Gebrechen sind schon ziemlich angestiegen, aber das zählt für mich nicht! Ich versuche, meinen Alltag noch immer so zu gestalten, dass ich mich eben halbwegs wohlfühle. Und so geht's dann eben auch.

2. **Frage:**
   Bekommen Sie Rente?

   Antwort:
   Ja, ich bekomme die staatliche Rente. Damals haben wir hier im Osten eine Zusatzrente abgeschlossen. Aber es stellte sich heraus, dass das jetzt einfach zu we-

nig ist, um davon gut zu leben. Es reicht eben so. Aber wenn alles immer teurer wird, dann wird es schon eng. Leider werden wir hier im Osten ein bisschen hinten dran gestellt, deswegen ist es eben nicht so viel. Aber ich will ja nicht jammern. Es geht schon – irgendwie.

3. **Frage:**
Was haben Sie früher mal gearbeitet?

Antwort:
Ich war mal in einem so genannten „Kombinat" angestellt als Schweißer. Da habe ich recht gut verdient und das Betriebsklima damals war auch ganz gut. Immerhin haben wir für das Ausland gearbeitet und produziert. Da gab's schon Zuschüsse. Und ich habe wirklich gern gearbeitet, auch, wenn es im Schichtdienst ganz sicher nie einfach war. Die Familie und die Kinder, das musste schon zusammengehalten werden. Und meine Frau hat damals selbst im Schichtdienst gearbeitet. Da war's manchmal schon schwer. Aber wir haben es doch gepackt, gemeinsam gepackt! Ja, doch!

4. Frage:
Wie lange sind Sie verheiratet?

Antwort:
Wir sind 55 Jahre miteinander verheiratet. Ja, das muss uns schon mal einer nachmachen. Heute rennen die Jungen ja gleich beim ersten Streit auseinander, haben sich nichts mehr zu sagen. Erst eine Hochzeit mit viel Pomp und dann beschimpfen sie sich nur noch. Nein, das war bei uns ganz anders. Aber glauben Sie nicht, dass wir uns immer toll gefunden haben. Da gab es schon tüchtige Auseinandersetzungen und manchmal stand alles in der Schwebe. Doch Davonrennen gab es nicht! Da musste man eben durch. Und nach dem Krieg war das eben so. Wir hatten ja nicht viel – und das, was wir später hatten, das musste ja erst einmal verdient werden. Da konnte man keine Extra-Touren starten – und da hieß es eben: Aushalten, anpacken und durchhalten! Und in der Ehe ist das halt nicht anders. Dann kamen die Kinder und die Verantwortung. Da war's manchmal schon schwer, den Kindern was zu bieten. Aus dem Nichts nach dem Krieg noch was rauszuholen, ja, das war schon eine Kunst. Aber wir, also meine Frau und ich, können heute wirklich sagen: Wir haben das geschafft!

5. Frage:
Waren Sie mal krank?

Antwort:
Ha, da fragen Sie ja was! Naja, manchmal hat's schon gezwickt. Und ich glaube, ja, ich glaube vor zehn Jahren hatte ich wohl mal 'ne tüchtige Grippe. Da musste ich mal paar Tage zu Hause bleiben. Aber dann gab's kein Halten mehr – ich musste wieder raus, was tun! Also so zu Hause rumsitzen und mich meinen Krankheiten hinzugeben, nee, das gab's damals nicht! Ich kann sagen -und da spreche ich auch für meine Frau-, wir waren nie großartig krank. Wir haben halt durchgehalten, irgendwie!

6. Frage:
Wie finden Sie die Jugend heute?

Antwort:
Ja, das ist schon eine schwere Frage. Wissen Sie, die jungen Leute heute sind manchmal ein bisschen oberflächlich und weinerlich. Wenn es nicht gleich klappt, werfen sie nur allzu schnell die sprichwörtliche Flinte ins Korn, statt weiter zu kämpfen. Eigentlich haben die Jungen gute Ansätze und einen starken Willen – ja, die wissen schon genau, was sie wollen. Und sie kämpfen auch dafür. Aber

manchmal lassen sie sich zu schnell von Nebensächlichkeiten beeindrucken und wollen immer alles haben. Das man dafür hart arbeiten muss, bevor man das kann, wollen sie oft nicht wahrhaben. Naja, meine Frau und ich geben den Enkeln immer mal was. Die sollen sich ja auch mal was gönnen. Wir brauchen ja so ein Smart-Dingsdabumsda nicht mehr. Aber wenn es die Kinder glücklich macht, bitte. Wir geben es ja gerne. Wir haben schon prima Enkel. Und unsere Kinder haben es auch zu was gebracht. Der Sohn ist Ingenieur und die Tochter Ärztin. Ja, da sind wir schon stolz. Wir haben tolle Kinder.

7. **Frage:**
Was denken Sie über die Weltraumfahrt?

Antwort:
Na, das ist schon ganz toll. Das so etwas heute schon möglich ist. Überhaupt, was da so Neues auf die Leute zukommt: Elektro-Autos, Raumschiffe, ferne Planeten ... unglaublich. Aber es birgt auch eine ganze Menge Gefahren in sich. Es gibt wirklich unglaubliche Menschen, die so mutig sind, sich das zu trauen. Das ist schon toll, wirklich. Und wer weiß, vielleicht gibt's da draußen ja irgendwo auch

solche Wesen wie wir es sind? Oder besser nicht – wer weiß – hahaha!

8. Frage:
Sie sagten ja schon etwas zu den Elektro-Autos. Wie stehen Sie dazu? Fahren Sie selbst Auto?

Antwort:
Ja, ich fahre noch Auto, aber ich glaube, dass ich bald das Fahrzeug abmelden werde. Es ist schon ein verrücktes Treiben auf der Straße und manchmal verliert man ein bisschen die Übersicht. Und das mit den Elektro-Autos – ähm, ja, das ist schon 'ne tolle Sache. Aber die müssen da auch ein bisschen mehr E-Tankstellen bauen und es einfach mal besser angehen. Im Ausland ist das kein Problem mehr, aber hierzulande wollen die nicht so richtig ran an den Speck! Da müssten die Verantwortlich schon mal ein bisschen mehr tun. Und nicht immer gleich das Neue als Nichtmachbar abtun. Unsere Autoindustrie braucht irgendwie auch mal frischen Wind, so wie in anderen Ländern eben. Halt nicht so viel verschlafen!

9. Frage:
Was denken Sie über die derzeitige Weltlage?

Antwort:
Hach, da fragen Sie ja was! Ganz ehrlich, wir sagen schon gar nichts mehr! Das ist ja ein totales Durcheinander, man verliert wirklich die Übersicht. Manchmal hat man den Eindruck, dass in diesen Zeiten jeder macht, was er gerade will. Respekt und Anstand sind wohl selten geworden. Und der Ton untereinander hat wirklich deutlich gelitten. Da wird gleich mit Ausdrücken losgekeift, nein, so sollte das wirklich nicht sein. Wir müssen bei alledem nur aufpassen, dass da nicht einmal einer durchdreht und den berühmten „Knopf" drückt. Wir haben den Krieg erlebt, wir wissen, was das heißt. Das sollten die jungen Leute nie erleben müssen, nie! Vielleicht wäre manchmal ein wenig Zurückhaltung und Besonnenheit besser als das Losschreien. Wir hatten das doch schon mal, ich weiß, wovon ich rede. Glauben Sie mir, das wollen Sie wirklich nicht! Damals hat's auch so begonnen, erst lautes Geschrei, dann sind sie losmarschiert – und dann war alles zerstört! Und die Leute, die waren tot. Was soll dann werden? Aber vielleicht sollten die Verantwortlichen auch mal ein bisschen

mehr auf die Menschen, das Volk hören. Die stecken sich doch gern mal die Taschen voll fürs Nichtstun. Da wäre ein wenig Bescheidenheit und Dankbarkeit besser als diese ewige Gier nach Geld und Macht. Damals nach dem Krieg hatten wir uns alle geschworen: Nie wieder! Und schauen Sie sich jetzt mal um! Nur Neid, Hass und Gier! Nein, da sollte wirklich weder mehr Menschlichkeit einziehen in die Welt. Nur dann wird es was!

10. Frage:
Was halten Sie von den Flüchtlingen?

Antwort:
Ja, das ist schon eine schwierige Frage – vor allem, wenn man die derzeitigen Vorgänge im Lande so betrachtet. Die einen wollen sie nicht, die anderen haben nichts dagegen. Und die Regierung tut immer so, als wenn sie alles im Griff hätte. Und, haben die es im Griff? Na, jedenfalls gab's immer schon massig Flüchtlinge. Aber ich weiß auch nicht, ob jemand, der noch so blutjung ist und mit modernem Smartphone, modernem Haarschnitt und guter Kleidung herumläuft, wirklich so bedürftig ist, dass er hierher fliehen muss. Keine Ahnung. Die Menschen damals nach dem 2. Weltkrieg hatten gar

nichts! Wissen Sie, überhaupt gar nichts! Eben auch keine 1.000 Euro, um eine Überfahrt nach Europa zu bezahlen – oder einem Schlepper 2.500 Euro zu zahlen, damit er die betreffende Person nach Deutschland schmuggelt. Das halte ich für wenig überzeugend. Klar, anderswo ist Krieg, verstehe ich. Aber das war es damals 1945 auch, nur, dass es da anderswo auch nichts gab. Vielleicht sollte man den Menschen etwas deutlicher klarmachen, dass sie in ihrem eigenen Land dringender gebraucht werden, damit sie -dieses- Land wieder aufbauen. Wir haben das damals auch unter Schweiß und sehr viel Kraft und Hoffnung getan. Ist das da heutzutage zu viel verlangt? Es liegt vielleicht an den Regierungen, den Leuten klarzumachen, dass sie nicht davonrennen dürfen, sondern im Heimatland kämpfen müssen, um es aufzubauen. Denn, wer soll das tun, wenn die meisten Jungen fort sind, wer? Verstehen Sie mich nicht falsch – aber wir konnten damals nach dem Krieg auch nicht wegrennen. Wir mussten etwas tun, hatten lediglich unsere Hoffnung und unsere Hände. Damit haben wir die Ziegelsteine aus den Trümmerbergen gezogen und die Städte Stück um Stück wieder aufgebaut. Das tun wir bis heute – und es hört auch niemals auf. Da gibt's kein

Wegrennen oder Davonlaufen. Da gibt's nur eines: Kämpfen und Tun! Dieses Bewusstsein muss wieder in die Köpfe der Menschen. Es ist immer einfach, dorthin zu gehen, wo vermeintlich Milch und Honig fließen. Aber auch da mussten die Menschen sehr hart kämpfen, dass es so weit kommen konnte, dass es eben wieder schön wurde. Das ist uns leider auch nicht geschenkt worden. Wegrennen und ein schönes Leben haben wollen, nein, da habe ich kein Verständnis für.

11. Frage:
Die neue Rechte?

Antwort:
Ach, wissen Sie, wir haben das damals alles miterlebt. Adolf Hitler, die SS ... nein, ich möchte darüber nicht mehr reden. Wir sind hier alle nur froh, dass es vorbei ist. Und wir können nur hoffen, die Menschen heute sind so schlau und wissen, was gut für die Menschen ist. Seien Sie alle nur froh, dass Sie so jung noch sind, dass Sie diese Zeit nicht miterleben mussten, seien Sie nur froh und genießen Sie diesen Frieden. Er ist wirklich gar nicht so selbstverständlich, wie Sie glauben. Krieg ist furchtbar, entsetzlich und abscheulich, glauben Sie mir.

12. Frage:
Die Mieten in den großen Städten?

Antwort:
Ich bin froh, wie auch meine Frau, dass wir dieses kleine Häuschen haben. Aber Bekannte von uns, die auch schon Rentner sind, haben gerade eine Mieterhöhung per kurzem Anschreiben erhalten. Die haben jetzt Angst, dass sie dort rausmüssen. Man hat sogar schon angefangen, das Haus zu sanieren. Die haben jetzt keinen Strom mehr und das Wasser wird andauernd abgestellt. Das ist schon sehr menschenverachtend. Das muss die Regierung ändern. Hoffentlich reden die nicht nur, sondern tun auch endlich mal was. Denn es ist ja nicht hinnehmbar, dass jetzt schon gutverdienende junge Familien eine simple Stadtwohnung nicht mehr bezahlen können. Es kann doch nicht jeder aufs Land ziehen. Das geht ja gar nicht. Also, hier besteht wirklich noch erhöhter Handlungsbedarf, sonst gehen die Leute wieder auf die Straße. Das Heim muss gesichert sein, sonst wird es nichts mit dem Land. Da fängt es nämlich bereits an! Zufrieden müssen die Leute sein, zufrieden!

13. Frage:
Ostdeutschland?

Antwort:
Genau, Ostdeutschland! Das ist noch heute ein mehr oder weniger vergessenes Land. Also ich meine die Menschen hier! Die Menschen hier im Osten fühlen sich oftmals noch als Menschen zweiter Klasse. Das liegt sicher auch daran, dass das wirkliche Geld im Westen ist und der Osten da hinten runterfällt. Sponsoren für Fußballvereine sitzen ja meistens im Westen. Die haben sehr viel Geld und deswegen gibt's kaum ostdeutsche Vereine, die wirklich richtig hochkommen. Und die normalen Menschen? Na, die gehen immer häufiger auf die Straße. Sie fühlen sich von Politik und Staat verlassen. Dann kommen die Flüchtlinge, erhalten schnell eine Arbeit und die Einheimischen lässt man sitzen. Na, das so etwas sozialer Sprengstoff ist, das dürfte ja klar sein. So kann man es nicht machen. Man muss auch den Einheimischen Arbeit und Brot geben, dann klappts auch mit dem Nachbarn! Vielleicht sollte man den Ostdeutschen wieder etwas mehr zuhören, deren Nöte erkennen und verstehen und ihnen helfen, sie ernstnehmen? Ich denke, wenn man Menschen vergisst und sie dann noch als Nazis und Mob be-

schimpft, dann wird es eher noch schlimmer. Die Leute lassen sich nicht als letzter Dreck in die Gosse abschieben. Sie wehren sich und machen auf sich aufmerksam. Auch, wenn manchmal der nicht gerade richtigere Weg eingeschlagen wird. Ich frage mich, warum die da oben nicht sehen wollen, was sich da zusammenbraut. Muss man denn wirklich denen die Leute in die Arme treiben, die nur darauf warten? Sollte da nicht endlich auch die Staatsführung handeln? Ich finde, ein bisschen mehr Flexibilität, ein bisschen mehr Toleranz und Hilfe gerade für Ostdeutschland und ein Ohr zum Zuhören und keine Nazi-Schelte, das wäre dringend angeraten, wenn es was werden soll. Eigentlich wäre das ja gar nicht viel – aber man muss es eben tun!

14. Frage:
Arbeitslosigkeit?

Antwort:
Und da haben wir schon die nächste Problematik. Gerade in Ostdeutschland scheint es da wirklich schlimm zu sein. Die Arbeit ist im Westen, im Osten eher weniger. Und da kommen wir zu einem Thema, welches wirklich maßgebend für so manche Schwierigkeiten im Lande verantwortlich ist. Im Westen hatten die

Menschen 40 Jahre lang Zeit, sich ein Polster an finanzieller Sicherheit und Arbeit zu erschaffen. Da ist einfach mehr Geld da. Und hier im Osten? Da gab es nur die so genannten Alu-Chips, wofür es nichts gab. Damit konnten die Menschen hier keine riesigen Reichtümer anhäufen. Es ging schlichtweg nicht. Dann kam die Wende und viele haben ihre Arbeit verloren. Da konnten die Kinder nicht auf höhere Schulen geschickt werden, damit sie es mal besser haben. Die Eltern mussten erst einmal neu beginnen, sich etwas Neues aufbauen. Erst dann konnten sie beginnen, den Urlaub auszubauen, die Ausbildung der Kinder zu sichern und ein gewisses Polster anzulegen. Doch sehr viele Menschen hier im Osten können das bis heute nicht. Da gibt es sehr viel sozialen Sprengstoff, der leider viel zu oft verkannt wird. Und glauben Sie mir, das Umdenken von einem Staat, in dem Vieles vorgekaut und mundgerecht geliefert wurde, hin zu einem Ellenbogen-Staat, wo sich jeder mehr oder weniger selbst der Nächste ist, das war und ist schon sehr schwer. Die soziale Ungleichheit erzeugt ein Gefühl von sozialer Ungerechtigkeit und sozialem Abstieg. Das ist oft ganz unterschwellig, aber es ist eben da. Leider versteht das heute kaum noch jemand, man wundert sich nur, dass diverse Parteien gerade im Osten solch einen dramatischen Zulauf haben. Die Menschen suchen sich ein Ventil, weil ihnen sonst keiner mehr zuhört. Jeder Mensch brauch dieses Ventil. Es ist lebenserhaltend. Und die Leute sollten erhört werden, denn nur dann entsteht wieder Hoffnung im Osten, eine Hoffnung auf ein persönlich besseres Leben. Dann würde sich auch die allgemeine Stimmung in Ostdeutschland verbessern. Denn es sind gute und sehr starke Menschen hier im Osten. Es sind Menschen, die das Land wirklich braucht!

15. Frage:
Fahren Sie dieses Jahr in den Urlaub?

Antwort:
Naja, wir fahren jetzt nicht mehr weit weg. Wir haben ja schon -fast- alles gesehen. Meine Frau und ich haben uns diesmal für den Garten entschieden. Vielleicht fahren wir mal zu den Kindern, ganz sicher. Aber wir wollen jetzt doch mehr Ruhe. Das haben wir uns verdient.

16. Frage:
Lieblingsessen?

Antwort:
Hahaha, Sie sind lustig! Also wir essen eigentlich alles. Meine Frau kocht großartig! Aber wenn Sie mich so fragen – am liebsten esse ich ein ordentliches Schnitzel mit Kartoffeln und Gurkensalat! Das Exotische mögen wir ja nicht ganz so, das überlassen wir den jüngeren Leuten. Die können noch ein bisschen ausprobieren. Und wenn es dann noch ´ne tolle Eisschokolade gibt, dann ist´s perfekt!

17. Frage:
Wetter?

Antwort:
Ach, wissen Sie, mit der heutigen Mode kommt man durch jedes Wetter. Das spielt ja sowieso verrückt – naja wie die Leute eben sind. Man sagt ja: Die Leute sind wie das Wetter. Allerdings machen wir uns mit der Umwelt ja wirklich alles kaputt. Der Müll fliegt einfach irgendwohin und getrennt wird doch auch kaum noch. Die Umweltverschmutzung wirkt sich eben auch auf das Wetter aus. Und dann kommen die furchtbaren Unwetter und Katastrophen. Ist ja alles irgendwie

hausgemacht. Das sollten wir auch mal noch in den Griff bekommen!

18. Frage:

Autos?

Antwort:

Na, wie ich schon sagte – ich werde meins wohl bald abschaffen. Von großen Fahrten sehe ich ja sowieso schon ab. Ich wollte ja immer mal einen tollen schnittigen Sportwagen haben, aber das hat der Geldbeutel nie zugelassen. Da hat's halt nur zu einem Kleinwagen gereicht. Aber den hegen und pflegen wir natürlich. Und so ist er uns viele Jahre lang erhalten geblieben. Der technische Verein hätte uns ohnehin bald getrennt. Da bin ich aber auch der Ansicht, dass man da vielleicht doch mehr die notwendigen Dinge kontrollieren sollte. Lenkung, Licht, Bremsen und Reifen. Der Rest ist doch Geldschneiderei. Viele Autos, die schon älter sind, könnten noch sehr lange fahren, weil sie noch halbwegs in Ordnung sind. Aber wir sind immer ganz gut fortgekommen mit unserem alten Liebling.

19. Frage:
Treiben Sie eigentlich noch Sport?

Antwort:
Ja, tatsächlich, da werden Sie staunen. Ich gehe jede Woche einmal ins städtische Schwimmbad. Da schwimme ich ein paar Bahnen und dann geht's wieder heim. Aber danach fühle ich mich wirklich wieder ziemlich fit. Empfehle ich jedem – einfach mal schwimmen gehen, das tut gerade im Alter sehr gut, wirklich!

20. Frage:
Was wünschen Sie sich?

Antwort:
Ganz einfach, dass die Menschen überall auf der Welt gut leben können. Und Frieden soll bleiben, ja, das wünsche ich mir, Frieden!

Vielen Dank für das Interview, Herr Müller. Ich wünsche Ihnen alles Gute, viel Kraft und noch viele schöne und gesunde Jahre zusammen mit Ihrer Frau.
Auf Wiedersehen.

21. Frage: Ein Wiedersehen?

Es war ja nur ein bisschen Ruhe, was sie sich am Abend ihres langen Lebens noch wünschte. Oma Paulsen lebte in einem idyllisch gelegenen Pflegeheim am Rande einer großen Stadt. Irgendwie spürte sie einen Hauch von Abschied in sich. Sie konnte es niemandem beschreiben und sie hatte auch keinen, dem sie es hätte sagen können. Wenn sie in ihrem Bett lag, schaute sie oft durch das geöffnete Fenster hinauf in den Himmel. Die Sterne schienen ihr so nah, viel zu nah. Sie wollte eigentlich noch gar nicht dorthin. Doch sie fürchtete sich nicht. Manchmal hörte sie den Mond, wie er zu ihr sprach: „Komm, komm zu mir. Brauchst jetzt endlich Ruh. Ich warte auf Dich." Dann schloss sie ganz schnell ihre Augen und schlief ein. Das tägliche Einerlei ließ sie schon lange kalt. Sie kannte es ja immerhin lange genug. Und wer sollte sie jetzt noch bekehren? Immer musste sie sich durchkämpfen. Geschenkt wurde ihr nie etwas. Da hieß es nur: Durchhalten Und immer, wenn die Krankenschwester nach ihrem Befinden fragte, zog sie ein saures Gesicht und meinte dann zickig: „Na, wie soll es mir schon gehen Ich leb ja noch Holen Sie mir lieber eine Tasse Tee." Dann lief sie mit ihrem Stock, so schnell sie noch konnte, hinaus in den Park. Auf der alten Bank unter den Linden, wo sie keiner fand, träumte sie vor sich hin und erinnerte sich an die alten, längst vergangenen Zeiten.

Ach liebe Oma Paulsen
Du denkst so oft ans Glück
Du warst so jung an Jahren
Und warst einst so verrückt

Ach liebe Oma Paulsen
Der Wind streicht durch Dein Haar
Jetzt träumst Du untern Linden
Von dem, was damals war

Ein bisschen wehmütig schaute sie hinüber zu dem kleinen Teich im Schilf. So gern würde sie noch mal in das kühle Nass springen- so richtig kraftvoll und mutig. Nein, ängstlich war sie damals nie. Doch das Alter hatte wohl die Knochen weich gemacht, aber nur ein ganz klein wenig. Die alte Bank war niemals schmutzig. So oft, wie sie auf ihr gesessen hatte, blieb nahezu kein Stäubchen auf ihr haften. Nur die weiße Farbe blätterte so langsam von ihr ab. An diesem Tage regnete es, und es wollte einfach nicht mehr aufhören. Eigentlich wollte die Schwester nicht, dass Oma Paulsen bei diesem Wetter nach draußen ging. Schließlich blinzelte aber doch noch die Sonne durch die Wolken. Und die sonst so mürrische Schwester ließ sich umstimmen. Draußen war es kühl und über dem Gelände lag ein würzig frischer Geruch von feuchtem Laub. Oma Paulsen liebte das sehr und atmete tief ein. In jeder Ecke des Parks hatte sich der Herbst niedergelassen. Doch irgendwie schien es viel stiller als sonst zu sein. Kein Vogelgezwitscher, kein

Rascheln, nichts. Nur unzählige Regenwürmer sielten sich in den Pfützen der morastigen Wege. Plötzlich fühlte sie sich wieder jung und unendlich stark. Vielleicht lag das ja an der frischen Luft und an dem würzigen Aroma, welches unablässig in ihrer Nase kitzelte. Die alte Bank unter den mächtigen Linden war trocken geblieben. Im Wasser des kleinen Teiches spiegelte sich die noch immer anwesende Sonne wider. Was für ein wunderbares Schauspiel der Natur. Von der Sonne geblendet hielt sie sich die Hand vors Gesicht und nahm genüsslich auf der Bank Platz. „Ach, wie herrlich", seufzte sie leis. Als sie ihren Stock an die Bank lehnte, fiel ihr ein Briefumschlag auf, der zwischen den morschen Latten der Lehne klemmte. Erstaunt zog sie den Umschlag hervor. „Wie kommt der denn hierher? Hat den jemand vergessen", wunderte sie sich. Der Umschlag war total durchnässt und der Regen hatte die Buchstaben bereits verwischt.

Nervös holte sie ihre starke Hornbrille aus der Manteltasche hervor. Dann versuchte sie, die Schrift auf dem Umschlag zu entziffern. „An Oma Paulsen", stand da fast schon unleserlich geschrieben. „Das gibt's doch gar nicht", rief sie erstaunt. Neugierig riss sie den Umschlag auf und zog den sorgfältig gefalteten Bogen heraus. Dann las sie die handgeschriebenen Sätze: „Hochgeschätzte Frau Paulsen. Ich habe Sie schon ein paar Tage hier im Park beobachtet und festgestellt, dass ich sie kenne." Verunsichert schaute sie sich um. Wer konnte das gewesen sein? Sie konnte aber niemanden entdecken und las weiter. „Übrigens kennen Sie mich auch. Erinnern Sie sich, damals in Berlin, gleich nach dem Krieg? Sie haben mich aufgelesen und gepflegt. Ich war damals noch ein kleiner Junge und ich hatte keine Eltern mehr. Vielleicht fällt es Ihnen wieder ein? Mein Name ist Adrian aus Breslau. Also dann schöne Stunden noch." Mit zittrigen Händen faltete sie den Brief zusammen und wischte sich die Tränen aus den Augen. Ja, natürlich erinnerte sie sich noch. Adrian, der kleine Junge, der immer groß sein wollte und auch immer zu Scherzen aufgelegt war. Auf einmal war er mit Sack und Pack verschwunden, ohne zu sagen, wohin er wollte. Sie kam damals nicht darüber hinweg. Und auch jetzt, nachdem sie diese Zeilen gelesen hatte, schien ihr plötzlich das Herz zu zerbrechen. Allein der Gedanke an Adrian, an die Nachkriegszeit. Wie haben sie damals gekämpft um ein Stück Brot. Stein auf Stein haben sie gestellt, die Trümmer des Krieges weggeräumt, die Männer waren im Krieg geblieben Sie schaute sich noch einmal um. Irgendwo musste er doch stecken. Sicher beobachtete er sie, sie fühlte es genau. „Adrian", rief sie laut, „kommen Sie doch hervor, ich weiß, dass Sie hier sind" Aber es blieb ruhig. Nur eine riesige Regenwolke hatte sich vor die Sonne geschoben. Es wurde immer dunkler und die ersten Tropfen rieselten zur Erde. Jetzt wurde ihr die Sache zu dumm. Außerdem fror sie ein wenig. Sie stand auf und begab sich langsamen Schrittes zurück zum Haus. Plötzlich tippte ihr jemand auf die Schulter. Sie erschrak, doch hatte sie irgendwie darauf gewartet. Lächelnd drehte sie sich um. „Adrian, Sie?" „Nein Du", entgegnete der ältere Herr hinter ihr. Mit seinem schlohweißen Haar auf dem Kopf nickte er wie ein kleiner Junge und drückte sie fest an sich. Sie hatte ihn sofort erkannt, als hätte es die vielen Jahre dazwischen nie gegeben. Die beiden begaben sich zurück zur Bank. Adrian spannte seinen großen schwarzen Stockschirm auf und die beiden unterhielten sich darunter, bis es dämmerte. Kalt wurde es, doch das störte die beiden nicht. „Gefällt es Dir wirklich hier im Heim", fragte Adrian mit leiser Stimme. „Lass uns einfach abhauen. Komm mit zu mir in mein kleines Haus am Waldrand. Wir eröffnen ein Detektivbüro und beobachten die Leute, heimlich, ohne dass die etwas merken." Oma Paulsen warf Adrian einen misstrauischen Blick zu. Hatte er das wirklich ernst gemeint? Ein Detektivbüro, in unserem Alter, verrückt Na ja, so war er ja schon immer Sie wollte ausweichen, aber als sie an das tägliche Einerlei, die ewig fürsorgliche Schwester und die triste Einsamkeit dachte, willigte sie ein. „Wann solls denn losgehen", erkundigte sie sich grinsend. Adrian hob den Kopf und meinte dann vielsagend: „Na sofort, komm" Die beiden erhoben sich und versteckten sich zunächst hinter einer dichten Hecke. Aus der Ferne ertönte bereits die nervige Stimme der besorgten Schwester. Doch sie konnte Oma Paulsen nicht finden. Die lag vergnügt in Adrians Armen und freute sich diebisch, der Schwester eins ausgewischt zu haben. Dann begaben sich die beiden Flüchtlinge auf Umwegen zum Parkplatz, wo Adrians Wagen stand. Sie stiegen ein und brausten davon. Unterwegs lachten sie aus voller Kehle und Oma Paulsen war so glücklich wie schon seit Jahren nicht mehr. „Aufregend, aufregend", stieß sie hervor und trällerte dabei vergnügt einen Schlager aus ihrer Jugendzeit. Die beiden kehrten niemals mehr zurück. Nur der Mond wusste, wo sie jemals ankamen.

22. Frage: Eine Entscheidung?

Die Fernsehsendung ging ewig nicht vorbei. Kurt saß vorm Fernsehgerät und hörte zu, leerte währenddessen seine Flasche Bier, denn mehr trank er ja nicht, sein Blutdruck war einfach zu hoch. Er hörte die Leute dort in der Glotze, doch er hörte nicht zu. Ihm ging so vieles durch den Kopf: seine eigene Leere, sein Alter - immerhin war er ja schon fünfzig - und seine Chancenlosigkeit. Er wusste, dass er in diesem Lande einfach keinen Fuß mehr auf den Boden bekommen würde. Seine Stelle in der Dreherei wurde ersatzlos gestrichen, und dass nur allein deswegen, weil die Arbeit, die er immerhin seit dreiunddreißig Jahren ausgeführt hatte, von einem neuartigen Automaten verrichtet wurde. Von einem Automaten der billig war, immer einsatzfähig daherkam, und der keine Fragen stellte! Und nun? Was sollte nun werden? Die Sinnlosigkeit wuchs und doch fühlte er sich nicht schwach und schon gar nicht am Rande der Gesellschaft. Er half seiner Frau in der Imbissbude und brachte seinem etwas faulen ältesten Sohn das Rechnen bei, obwohl der ganz sicher nicht der schlechteste in der Klasse war. Kurt wollte einfach nur gebraucht sein, nicht abgeschrieben sein, ein Mensch sein, frei sein und wieder durch die Läden hasten, weil jemand sagte, dass es schön sei zu shoppen. Und seine Frau hatte bald Geburtstag. Doch plötzlich hörte er doch wieder auf das Geschehen im Fernsehgerät.

Da brachte man es wieder: eine Terrorgruppe, die irgendetwas mit einer anderen Glaubensrichtung zu tun haben wollte, brachte die Menschen tausendfach um. Sie wollten die Weltherrschaft und waren gnadenlos. Kurt wusste, dass er gerade am Vormittag, als er in der Stadt war, um einzukaufen, vor dem Supermarkt von einer ähnlich scheinenden Gruppe angesprochen wurde. Man wollte die Schriften dieser Glaubensgruppe verschenken und Kurt hatte entrüstet abgelehnt! Er fühlte sich irgendwie verfolgt von diesen Leuten, fühlte sich nicht wohl bei dem nagenden Gedanken, diese Gruppierung könnte eines Tages nicht nur die Menschen in den fernen Ländern abschlachten, sondern auch die eigenen Landsleute. Und keiner konnte das lenken, konnte es verhindern, konnte dagegen vorgehen, weil es ja hieß, dass man die Fremden integrieren müsste. Nervös, aber auch ein wenig selbstgerecht kratzte sich Kurt hinter den Ohren. Er war doch auch ein Bürger dieses Landes, ein ehemals hart arbeitender Bürger dieses Landes! Und er musste sich immer auf sich selbst verlassen, immer! Geschenkt wurde ihm nichts und manchmal schien es gar nicht klar, wie es weitergehen sollte. Da kam die Postwurfsendung einer neu gegründeten Vereinigung gerade recht, in welcher man das deutsche Volk aufrief, die eigene Glaubensrichtung, das friedliche deutsche Leben, zu verteidigen und es nicht zuzulassen, dass Hassprediger und anders geartete Täter fremdem Glaubens das Land überfluteten. Kurt wurde es angst und er fürchtete sich plötzlich sehr. Aber wovor fürchtete er sich? Vor der weit entfernten Gruppierung, den Terroristen, die täglich mehr und mehr wurden, oder vor den Fremden im friedlichen Abendlande? Er konnte es gar nicht so recht beschreiben und er wusste auf einmal, dass es gar nicht die Fremden waren, die ihm Angst einflößten. Vielmehr war es die Angst, die lähmende Panik, auch noch das vertraute Umfeld zu verlieren, die Dinge, die er kannte, die er liebte und die er gewohnt war, wie das Leben, welches er doch so gut kannte.

In der Zeitung wurde gesagt, dass man nicht fremdenfeindlich sein sollte, denn dann wäre man ja ein Rechter und würde keine Chance mehr im Leben bekommen. Aber war das tatsächlich so einfach? Warum hörte den Leuten auf der Straße eigentlich keiner mehr zu? Warum diese Kluft zwischen den Menschen? Warum diese Abweisungen, weil man nicht die Ängste der Menschen erkennen wollte? Er hasste doch die Fremden nicht und wollte sie auch nicht wegjagen. Er hatte doch nur Angst, Angst vor einer fremden Glaubensrichtung, die sich hier zu sehr und zu stark breitmachen könnte, und das Leben der friedlichen Leute in ein Schlachtfeld verwandeln könnte. Warum konnte er mit niemandem darüber reden? Warum wurden all die Menschen, die augenscheinlich die gleichen Ängste hegten wie er, in die rechte Ecke abgeschoben - und damit Schluss? Kurt verstand die Welt nicht mehr und brauchte dringend eine Erleuchtung.

Er musste seine Angst kanalisieren und nahm sich vor, zu jener Veranstaltung zu gehen, wo möglicherweise viele dieser ängstlichen Leute hingehen würden. So zog er sich seine dicke Jacke über, steckte sich etwas Geld in die Hosentasche, vielleicht für ein oder zwei Wienerwürstchen, und lief los.

Auf dem großen Platz vor dem altehrwürdigen Rathaus hatten sich Dutzende Menschen eingefunden. Kurt schien es gar nicht so, dass dies alles nur Rechte oder Verlierer der Gesellschaft seien. Nein, da war zum Beispiel der Professor von der Fakultät ebenso wie die Kindergärtnerin seiner jüngsten Tochter. Da war der Arzt, bei welchem er in Behandlung war und auch sein Vermieter, der ganz sicher niemals in der rechten Ecke hockte. Es waren ganz normale Menschen und die Gespräche an jenem winterkalten Abend kochten, waren heiß wie siedendes Wasser. Es war die Angst vor etwas, dass man nicht kannte, dass man nicht fassen konnte, was aber da war und einfach nicht wegging. Und eine einzige Frage kreiste in Kurts Kopf: Warum mussten all diese vielen Leute hierherkommen, wenn doch die Antwort angeblich recht einfach erschien? Warum konnte sich keiner der örtlichen Politiker diesen Ängsten der Leute annehmen? Warum? Und ehe er sich's versah, steckte er auch schon in einer recht heftigen Diskussion mit anderen, die sich Luft machen mussten. Menschen, die Angst um ihre Kinder hatten, die Angst vor der Zukunft hatten, die Angst vor einer fremden Übermacht hatten, die Angst vor Terror und vor Tod hatten, die reden wollten, die schreien wollten, die gehört werden wollten, die den Frieden in Gefahr sahen. Entschlossenheit und Mut, aber auch Unklarheit und Besorgnis stand den Leuten wie ein magisches Zeichen im Gesicht geschrieben. Und dann begann die Kundgebung.

Viele sehr besorgte Menschen sprachen dort oben auf dem Podium des Volkes, und Kurt erschien es zum ersten Mal, dass die Leute auf dem Podest gar nicht weit von ihm entfernt waren, sondern lediglich die einfachen Menschen von nebenan. Und all diese Leute, diese Menschen, hatten die gleichen Ängste wie er. Sonderbar. Lange dauerte die Kundgebung und die Diskussionen wollten einfach kein Ende nehmen. Als dann jedoch einer der ortsansässigen Politiker, der seinerseits stets darauf bedacht war, sein eigenes Schäflein ins sprichwörtliche Trockene zu bugsieren, das Mikrofon ergriff, kochte die Stimmung über! Denn dieser geschniegelte und gebügelte, hoch bezahlte Agitator alter Zeiten faselte schon wieder etwas von rechten Kräften und vermeintlichen Verlierern der Gesellschaft, die das Volk ja doch immer nur aufhetzten und alles falsch verstünden!

Nun reichte es Kurt: mit einem Satz sprang er auf das Podest, riss dem vollkommen verdutzten Speichellecker das Mikrofon aus den schlanken, eingecremten Händchen und schrie seine eigenen Ängste in die gut funktionierende, akustische Technik hinein. Als er fertig war, blieb es still. In den Augen der Menschen glaubte er ein merkwürdiges Blitzen zu erkennen, was entweder am einsetzenden Regen liegen mochte oder auf Tränen zurückzuführen sein konnte. Nach einer kleinen Ewigkeit aber geschah das, womit Kurt erst gar nicht gerechnet hatte: die Menge applaudierte und jubelte, brüllte Hochrufe oder war einfach nur gerührt! Kurt begriff, dass die Herzen all der Anwesenden genau das gleiche fühlten wie auch seines. Und er wusste, dass er den Nerv der Menschen haargenau getroffen hatte. Es waren die gleichen Ängste, die alle miteinander verbanden. Dabei waren weder er noch die meisten der Anwesenden rechtsgerichtet, reaktionär oder gar der asoziale Mob der Stadt. Ganz im Gegenteil – er wollte doch nur den Frieden bewahren, und das die Menschen, auch seine Kinder, in Sicherheit mit ihren Gewohnheiten leben konnten und nicht von Terror und Hass von einem fremden Aggressor überrollt würden.

Als sich die Kundgebung auflöste, klopften ihm viele Menschen dankbar auf den Rücken und einige sagten: Du hast es verstanden. Wir müssen etwas tun.

Kurt wusste das und lief langsam und nachdenklich nach Hause. Unterdessen hatte der Regen an Intensität zugenommen und er konnte kaum die Hand vor Augen erkennen. Er wollte nur noch heim und er dachte an den Krimi, den er unter keinen Umständen verpassen wollte.

Plötzlich vernahm er lautes Geschrei, und als er in eine kleine Seitenstraße abbog, um eine Abkürzung zu nehmen, stutzte er. Nicht weit von ihm entfernt schlugen zwei Männer auf einen anderen ein. Kurt, der noch ziemlich aufgeheizt nach seinem unfreiwilligen Auftritt vor den vielen Menschen auf dem Rathausplatz war, dachte nicht lange nach. Er sprang auf die beiden Schläger zu und riss sie von ihrem Opfer herunter. Als sich der Geprügelte vorsichtig erhob, stand da ein Mann um die Vierzig, der augenscheinlich nicht aus Deutschland kommen mochte. Mit gebrochenem Deutsch stotterte er: „Danke, danke dass Sie geholfen haben! Ich habe Angst, große Angst sogar!" Kurt trafen diese wenigen Worte wie ein scharfes germanisches Schwert! Er stand auf einmal mittendrin im Hass, obwohl er ihn doch gar nicht wollte. Auf der einen Seite sah er die blutrünstigen Gesichter der beiden jungen Schläger, die sich ihr Opfer offenkundig nicht zufällig ausgesucht hatten, und auf der anderen Seite stand da ein Mann, der all seine Vorurteile, seine eben noch vorrangingen Ängste durch sein bloßes Erscheinungsbild zum Ausdruck brachte, indem er einfach nur da war, und doch auch nur Angst hatte. Und dann strich er sich die Jacke glatt, wischte sich mit einer flotten Handbewegung den Regen aus dem Gesicht und sagte schroff: „Ihr beiden verschwindet jetzt! Und sie, soll ich sie heimbringen?" Die beiden Schläger verschwanden alsbald in der Dunkelheit und nur Kurt und der Fremde standen noch auf der Straße – auf jener Straße zwischen Angst und Wirklichkeit. Der Fremde meinte, dass er Omar hieß und im Asylantenheim lebte. Er kam aus einem Kriegsgebiet und seine gesamte Familie war schon abgeschlachtet worden. Kurt schwieg zu alledem, wusste nur, dass er wirklich nicht rechtsgerichtet war, und auch nicht linksorientiert, oder sonst etwas. Er wusste aber auch, dass der Fremde da vor ihm an den gleichen Ängsten litt wie er selbst. Und in diesem Augenblick wurde ihm klar, dass er sich nicht geirrt hatte, wenngleich seine Betrachtungsweise eben noch etwas anders war. Denn als das Wichtigste erschien ihm nicht etwa die quälenden Ängste, die wohl jeder hatte, der sich durch die Wirren unserer verrückten Zeit bewegte. Das Wichtigste war ganz sicher, den Menschen zuzuhören, sie zu verstehen. Und er hatte sich längst entschieden: Es war ja alles klar! Er wollte -allen- Menschen zuhören!

23. Frage: Ein Schwindler?

Es war in einer Zeit, in welcher die Menschen nicht mehr glücklich und schon gar nicht zufrieden waren mit ihrem Leben. Die einen mussten schuften, um ihre Familien irgendwie durchzubringen, brauchten sogar eine staatliche Hilfe, damit es am Monatsende überhaupt noch reichte. Die Anderen machten nichts, bekamen aber dennoch Geld, um leben zu können. Und wieder andere – ja, die anderen – ja, was war eigentlich mit denen? Um die rankten sich die verrücktesten Geschichten. Man sagte, dass sie sich alles bezahlen ließen, was nur irgendwie Geld bringen konnte, nahmen Geld für Gefälligkeiten und schmierten sich gegenseitig, wo es nur ging. Doch sie taten das heimlich und wollten nicht, dass das arme Volk davon erfuhr. Sie gehörten allesamt einer einzigen mächtigen Partei an, es war die Partei *„YYUH"*. Es war die Partei der Reichen, die Partei der Dummschwätzer, die Partei derjenigen, die dem Volk erzählte, was es hören wollte. Es waren Parolen, wie: *„Wenn ihr uns wählt, dann werdet ihr wieder Arbeit haben, dann werdet ihr glücklich und wohlhabend sein!"*
Leider war das alles nur Gerede und dummes Zeug – in Wahrheit protzten sie mit ihren teuren Luxuswagen und prassten in ihren eigentlich unbezahlbaren Luxusvillen, feierten allabendlich mit Schampus, Kaviar und zweifelhaften Frauen.

Und sie pressten das Volk aus wo- und wie es nur ging.

Hilmar, ein 50-jähriger Arbeitsloser, der als einzigen *Reichtum* einen uralten Fernseher besaß, lebte seit vielen Jahren in seiner winzigen Wohnung am Rande der großen Stadt. Sein Fernseher schien das einzige Fenster, vor dem er jeden lieben langen Tag saß. Und er war kein Dummkopf, denn er wusste, dass er in seinem Alter trotz seiner einstigen Berufsausbildung zum Monteur kaum noch eine reale Chance besaß, einen Job zu finden. Und als Hilfsarbeiter wollte er sich nicht verdingen, dazu hatte er früher einfach zu viel gearbeitet.

Als er eines Tages seinen Rentenbescheid erhielt, mit Schaudern erkennen musste, wie wenig ihm noch für sein Alter blieb, dachte er schon ans Sterben, denn das schien ihm erheblich billiger. Doch irgendetwas in seinem Inneren, irgendwas in seinem Kopf und in seinem Herzen ließ ihn plötzlich erstarren. Denn schlagartig wurde ihm klar, dass er ja nur dieses eine Leben besaß. Er erkannte, dass er, wenn er jetzt nichts drastisch änderte, vergehen würde wie eine Pusteblume im Wind. Nein, dafür hatte ihn seine Mutter einst nicht unter Schmerzen geboren. Dafür hatte er auch nicht ein halbes Jahrhundert hart in der Firma gearbeitet, für den Konzern seine Kraft und seine Energie gegeben. Und das durfte es auch nicht schon gewesen sein! Da musste einfach noch etwas mehr sein. Gab es da noch wirklich noch ein Stück Leben, ein Stück vom Kuchen dieser Welt?

Als er seinen Blick durch seine spärlich eingerichtete Wohnung vom alten Fernseher bis zu seinem wurmstichigen Kühlschrank schweifen ließ, wurde er ziemlich traurig. Denn wie sollte er ohne Geld, nur mit der Stütze allein, etwas Neues aufbauen?

Entnervt ließ er sich in seinen alten Stoffsessel sinken und starrte lange die fast leere Flasche Bier auf dem wackeligen Eichenholztisch an. Immer wieder schaute er zum Fernseher, beobachtete eine Debatte der starken Partei „*YYUH*", wo sich die dicken, vollkommen überbezahlten Politiker gegenseitig beleidigten, weil einer dem anderen nichts gönnte.

Stöhnend und kopfschüttelnd sah er dem irren Treiben zu und flüsterte leise vor sich hin: „*Diese Idioten, die wissen doch gar nicht, wie das ist, wenn einen keiner mehr braucht und man nicht mal das Geld hat, um richtig leben zu können.*"

Und als er so sinnierte, erkannte er plötzlich, dass er selbst etwas tun musste, irgendetwas, bei dem man auf ihn aufmerksam werden würde.

Plötzlich sah er sich, wie er in dem riesigen Parteien-Plenarsaal am funkelnden Rednerpult stand und lautstark und recht heftig gestikulierend irgendetwas von sich gab. Da wurde ihm klar, dass es wohl gar nicht so wichtig war, *was* er da so rief – viel wichtiger war es vermutlich, einfach nur herumzuschreien, wichtig zu tun und zu zeigen, dass man da ist. Und weil ihm gleichzeitig einfiel, dass er früher mal Sprecher bei der Gewerkschaft war, griff er zielsicher zum Telefonbuch. Flink suchte er sich die Nummer der Partei „YYUH" heraus, sprach mit einem Verantwortlichen und hatte auf einmal den festen Willen, dieser mächtigen Partei beizutreten. Mehr noch, er wollte sogar einen Posten und redete und redete und redete. Immer sah er sich, wie er in der Armut verging, in einem Leben, in welchem ihn keiner mehr bemerkte. Das spornte ihn unheimlich an und schon nach kurzer Zeit wurde er in die regionale Führungs-Elite der Partei berufen. Was er sagte, war nicht sehr gehaltvoll und auch nicht sonderlich intelligent, aber es war laut und voller Kraft und Energie.

Schon bald war er zu einer Person geworden, zu der man aufschaute, der man zuhörte, und der man letztendlich sogar gehorchte.

Irgendwann war das alte armselige Leben vergessen und das mehr als üppige Honorar, welches er auf seinem Konto erblickte, ließ ihn noch euphorischer werden. Schließlich wollte man ihn als Redner an Hochschulen und Universitäten, in Führungsetagen großer Firmen und Konsortien – und der sprichwörtliche Rubel rollte und rollte und rollte.

Nach drei Jahren war er so einflussreich und reich geworden, dass er eigentlich gar nichts mehr tun musste. Das Geld arbeitete von ganz allein und er war so beliebt, wie sonst niemand im Lande.

Und es kam so, wie es immer kam, er bekam einfach nicht genug und wollte die gesamte Macht. Er wollte *Staats-General* werden, welches das allerhöchste Amt des Landes war. Überall hingen seine Wahlplakate und es kam genauso, wie er es wollte: Er wurde einstimmig gewählt. Vorher hatte er den Menschen das Blaue vom Himmel heruntergeschwindelt. Er wollte allen Arbeit geben, wollte die Menschen reich und glücklich werden lassen, wollte ihnen Verantwortung und großartige Chancen geben, sodass sie ihr Leben in Wohlstand und Glück verbringen zu könnten. In Wirklichkeit sah er sich aber schon als Kaiser, der sich krönen ließ und der sich als Gott in den Himmel erhob.

Einige Zeit ging das tatsächlich gut, denn die Menschen ließen sich all den Unsinn, den er jahrein und jahraus verkündete, dankbar einreden.

Doch als sie merkten, dass nichts von dem, was er predigte, eintraf, sie hingegen immer ärmer und kränker wurden, wollten sie ihn nicht mehr.

Allerdings gab er auch nicht mehr so leicht auf, denn er war nun so unermesslich reich und mächtig, dass er seine Leib-Armee damit beauftragte, die Aufwiegler, die Stimmung gegen ihn machten, zu beseitigen. Er hatte nämlich vor, der unangefochtene Herrscher der Welt zu werden, sich nur noch mit Gehorchenden und Dienern zu umgeben und dann das Universum zu erobern.

Um all das jedoch auch noch zu erreichen, musste er Krieg führen. Denn die Leute ließen sich nur mit Gewalt zu seinen verrückten Vorhaben zwingen. So machte er den Leuten den Krieg schmackhaft, meinte, dass es ihn wesentlich bessergehen würde, wenn sie für ihn in den Krieg zögen. Er versprach ihnen Schösser aus purem Gold und das fürstlichste Leben, welches sie sich nicht einmal zu erträumen vermochten. Die Leute aber winkten schon ab, wenn sie ihn nur sahen und irgendwann verlor er sogar den Rückenhalt seiner Partei, der „YYUH".

Als er eines Tages nachdenklich in seinem riesigen Anwesen saß und Fernsehen schaute, musste er hören, wie ein anderer Lügner, der den Leuten noch viel mehr Glück und Wohlstand vorgaukelte, als er es je getan hatte, davon sprach, ihn einzukerkern, weil er ein Lügner sei.

Da erkannte er den ganzen Wahnsinn, sprang aus seinem Sessel und verließ das Haus, welches wohl in Kürze zur Todesfalle für ihn werden würde. Tief im Wald hatte er ein geheimes Domizil als besseren Tagen herübergerettet. Nein, es war kein Bunker und auch keine Felsenhöhle, in welche er fliehen konnte. Es war eine Rakete, die er sich bauen ließ, weil er ja zu den Sternen fliegen wollte, um das Universum zu erobern. Traurig kletterte er hinein und startete. Hinter ihm schrie schon der aufgebrachte Mob, der sein Versteck im Wald herausgefunden hatte. Sie wollten sich an ihm rächen. In allerletzter Sekunde schaffte er es, die Erde zu verlassen.

Immer kleiner wurde der eigentlich riesige Erdball unter ihm und schnell näherte er sich dem Mond. Dort landete er das kleine Raumschiff und wartete. Die Stille und die Dunkelheit ließen ihn noch trauriger werden, als er schon war.

Und wie er so dasaß und weinte, vernahm er eine Stimme hinter sich. Zu Tode erschrocken fuhr er herum und blickte entgeistert in das runzelige Gesicht eines alten Mannes, der hinter ihm stand. *„Ich sehe, du bist traurig"*, sprach der Alte und wiegte dabei seinen Kopf hin und her.

Hilmar wusste nicht, was er sagen sollte. Natürlich war er traurig, natürlich wusste er auch nicht, wie all das geschehen konnte und natürlich wollte er so nicht mehr weiterleben.

Der Alte schien das zu verstehen, obwohl Hilmar gar nichts sagte. *„Dann komm mit mir"*, sagte er schließlich leise und streckte seine Hand nach ihm aus. Hilmar wischte sich die Tränen aus dem Gesicht, er wusste, dass er alles falsch gemacht hatte und er ergriff die Hand des alten Mannes.

Augenblicklich verschwanden die beiden und nur die kleine Rakete, sozusagen ein Relikt eines Menschen, der auf einem falschen Wege war, blieb schweigend zurück.

Auf der Erde aber wurde es nicht besser. Denn der andere, der neue geld- und machtgierige Schwindler, dem die Leute diesmal hinterherrannten, führte die Menschen in einen Krieg, aus dem sie nie wieder herauskommen sollten.

24. Frage: Der letzte Freier?

So zwischen Abend und tiefer Nacht saß sie auf dem Bordstein und träumte. Ja, sie träumte, hätte nie gedacht, dass sie das einmal täte. Cora, eine 30jährige gutaussehende Frau, die eigentlich in die Vorstandsetage einer großen Firma passen könnte. Doch ihr Zuhause war der Strich, das Bordell am Rande der Stadt. Es war kalt im Hafengelände dieser großen Stadt – und abends war es noch viel kälter. Sie wusste, dass sie aufhören musste mit Anschaffen, doch ohne Drogen konnte sie nicht mehr leben! Mittlerweile brauchte sie das Geld für ihre Sucht! Die Freier wollten viel, mittlerweile viel zu viel. Und aufhören wollte sie vor Jahren schon. Jeder hatte es ihr geraten: der Vater, die Mutter, der Bruder. Doch sie konnte es nicht mehr. Sie kam da nicht mehr aus. Allerdings musste sie die Antwort doch ganz anders formulieren: *Sie wollte jetzt auch nicht mehr raus!* Zu sehr hing sie an den wild-heißen Nächten, zu sehr liebte sie die Männer, diese Spannung, wenn ein schnittiger Kerl in ihren Armen versank. Es war ein großartiges Gefühl, in einer Art Halb-Rausch, so während der zweiten Flasche Sekt, die starken muskulösen Oberarme eines jungen Mannes zu fühlen und seinen nackten verschwitzten Leib auf ihrem weichen Busen zu spüren. Das war es, was sie - wirklich- hier hielt. Nur leider waren da viel zu oft die alten und fetten Kerle, die schniefend und sabbernd an ihren Lippen hingen. Sie hasste das und wollte das nicht mehr. Doch was sollte sie tun? Unschlüssig hockte sie auf dem Bordstein und fühlte sich irgendwie sonderbar. Sie war so leicht und irgendwie sorglos, wenngleich sie die Sorge nach ihrem Verbleib im Bordell immerfort nachdenken ließ. In Gedanken sah sie ihren letzten Freier, diesen zwar jungen, aber sehr aggressiven Kerl, der sie so richtig rangenommen hatte. Sie hatte Schmerzen, doch sie ertrug sie. Und doch war da an diesem Abend diese sonderbare Leichtigkeit. Die Nacht brach herein und hinter ihr flanierten Dutzende ihrer Kolleginnen im düsteren Licht der vom Wind leicht bewegten Straßenlaternen. Alle waren auf der Pirsch, auf der Jagd nach frischem Männerfleisch. Irgendwie war jede dieser Frauen auf einer Suche, auf der Suche nach dem richtigen Mann. Nach dem Mann, der ihnen Geborgenheit, Sicherheit und auch Liebe zu geben vermochte. Doch keine dieser Frauen hatte das je gefunden. Alle nahmen diese fürchterlichen Drogen, um im verklärenden Rausch etwas zu erleben, was sie sonst nie erleben würden. Doch die Abhängigkeit ließ sie an diesem Orte verbleiben. Sie trösteten sich über diese Wahrheit hinweg, wenngleich sie sich längst daran gewöhnt hatten. Aber – hatten sie sich wirklich daran gewöhnt? Vorsichtig erhob sich Cora und schaute sich um. Sonderbar, dass ihre Kolleginnen sie nicht sahen – waren sie blind oder war es einfach nur zu dunkel? Cora verstand das nicht, wollte auf eine der Frauen zugehen, doch sie konnte es nicht. Sie konnte nur zusehen, wie eine nach der anderen von lachenden Freiern abgeschleppt wurden. Als alle im Bordell verschwunden waren, kehrte wieder diese merkwürdige Ruhe ein. Es war eine gespenstische Ruhe, eine Ruhe, die sie sonst nie gekannt hatte. Plötzlich konnte sie wieder laufen. Vorsichtig balancierte sie auf ihren High-Heels den schmalen Weg bis zum bunt beleuchteten Eingang des Gebäudes. Doch auch hier schien sie wieder wie eine aus Luft bestehende Elfe zu sein; nicht einmal die am Eingang sitzende Chefin des Etablissements bemerkte sie. Langsam stieg sie die schmalen, mit rotem Plüsch ausgelegten Stufen nach oben. Sie wunderte sich, denn es knarrte nicht wie sonst unter ihren roten Stöckelschuhen. Es war ruhig, beängstigend ruhig. Auf dem langen, engen Gang im Obergeschoss vernahm sie das Stöhnen der geilen Kerle und das Jauchzen der wollüstigen Damen. Dutzende Höhepunkte weiter befand sich ihr Zimmer, die Zimmernummer 7! Die Tür war zu, dahinter war kein Geräusch zu hören. Es war so still, so still, wie sie es nie erlebt hatte. Was ging hier nur vor? Sollte sie wirklich die Türe öffnen? Plötzlich wurde ihr diese Entscheidung abgenommen – mit einem Ruck wurde die Tür aufgerissen und ein junger, stattlicher Mann mit nacktem muskulösen Oberkörper stob panisch an ihr vorüber! Er schien blutverschmierte Hände zu haben, oder war es nur die Farbe des roten Weines? Und wieso hatte er sie nicht bemerkt? Kannte sie diesen Mann vielleicht schon von irgendwoher?

Vorsichtig und zögernd berührte sie die hölzerne Tür, gab ihr einen leichten Schubs. Sie wusste nicht, ob sie hineingehen sollte. Sie wusste nicht einmal, ob sie etwas sehen wollte, was sie möglicherweise längst ahnte. Dennoch tat sie es! Mit einem Fußtritt stieß sie die Tür ganz auf! Was sie dann sah, ließ ihr das Blut in den Adern gefrieren! Auf dem Sofa, im roten Licht des Halogenstrahlers, lag eine leblose Frau! Sie war blutverschmiert und hatte ihre Augen weit aufgerissen. Sie lag einfach nur da und rührte sich nicht mehr. Als Cora näher herantrat bemerkte sie schockiert, dass die Person auch nicht mehr atmete. Offenbar war sie von dem eben aus dem Zimmer geflohenen Mann ermordet worden. Und sie erkannte das Gesicht der Frau – die Tote auf dem Sofa war sie selbst!